KB193531

수항리 연가

수항리 연가

문힘시선 035

수항리 연가

이비단모래

도서출판 **문화의힘**

수항리 연가

내 인생의 45년,
그 길을 동반한 수항리가 있다
두렵고 낯선 길이었지만
오선지에 음표 그려지듯
나이테에 옹이 하나씩 들어찼다
미완성의 조각들을 모아
삶이라는 골목을 지나면서 나도
수항리와 함께 익어갔다

그리움을 재단해 전시장을 만들고
사랑이라는 수신호를 보내며
오늘도 나는 까막까막 정물이 되어간다
45년을 나와 함께한 특히, 그대에게
애틋한 마음의 빚을 갚고 싶다
나의 마음도 몸도 곧
수항골 박물관에 전시될 것이므로

아프지 마, 제발

2024년 가을날
수항골 박물관에서

제1부_ 오래된 우물

제2부_ 빈집 지키는 자전거

제3부_ 수항골 박물관

8

제4부_ 황소 값

제5부_ 좀생이별

제1부

오래된 우물

수항리 연가

원추리 꽃

세월 멈추고
추억 멈춘
빈 집
주인 대신 집 지키는
수항리 원추리 꽃
자꾸만 야위는 목
길어지는 기다림

머위 물

석 달 열흘 쿨럭이는 사람
보이는 곳마다 약봉지
무슨 백일해를 앓듯 백약이 무효였네

어느 날 환청처럼 들린 어머니 목소리
머위를 달여 먹여라

어머니는 아들이 더위를 먹으면
유월 땡볕 쑥을 뜯어 확독에 갈아
장독대 위에 밤이슬 맞힌 첫새벽
진초록 쑥물을 마시라 하셨지
달달한 땅콩사탕 하나 들고

어머니처럼 유익하다는
단오에 약 오른 익모초
배앓이에 먹이고
다슬기 잡아 고아 주시고
산을 오르내리며 온갖 약초 뿌리 달여 먹인
그 효험한 시간이 흐르고

약효 빠진 아들에게
바람결에도 다녀가시는 어머니 사랑
끝내 기침도 멈추었네

여여如如

살아가는 일
달빛 쏟아지는 일
햇살 내리쬐는 일
모두
같은 노래
같은 시

가죽나물

어머니 거친
다섯 손가락
그리워
눈물 섞어 넘긴
어머니 손맛

금낭화

여덟 남매 자식 위해
켜 든 등불

등 버거워
허리 굽은
슬프고 쓸쓸한
생의 막길

함께 자분자분 걸어주는
이야기

어른

설날 차례상 앞에서
아들들에게
홍동백서를 훈시하시며
살아 삼배 죽어 삼배 받는 거라는

연신 배 놔라 감 놔라를
훈수 두시는 마음속 어른

보일러

아버지
방은 따뜻한지요
보일러 온도 좀 높이고 따뜻하게 지내세요

눈 내리는 대설 아침
따뜻한 아파트에서 아침을 맞은 아들
줄어가는 기름 아까워 냉골에서 지내셨을 아버지께
안부를 묻는다

몸은 여기 있어도
마음은 아버지 곁에서 떨어지지 못하고
아버지의 찬 방을 마음으로 더듬으며
자전거 타고 눈길 조심하시라는 당부당부
목소리가 젖는다

오래된 우물

꽃을 사랑한 봄
우물가에 애기똥풀 심고
꽃 수반 만들었다

주인이 비워둔 안방
혼자 불 켜고
기다림 반죽해 낡아져가는
시간의 벽을 발랐다

오래된 시간 기억하는 바람
비밀스레 치마폭 들추더니
순풍순풍 우물 속에 봄을 순산하는
아주 오래된 자궁

배롱나무

바싹 마른 나뭇가지처럼
한 줌도 안 되는 다리가 흔들리고
틀니를 뺀 입은 한없이 함몰되는데

열흘 붉은 꽃처럼 속절없는 세월
그 세월 이길 장사 없다지만
여름 지나 들이치는 입추를 비껴
백일을 피는 배롱나무 꽃처럼
아버지도
식어가는 인생의 화구에
다시 한 번 입바람을 불어
불씨를 살려내셨으면 좋겠다

아들 이름 머릿속에서 입속에서
꽃처럼 터졌으면 좋겠다
가을에도 지지 않는
꽃이었음 좋겠다

곶감

저 혼자 불 켜고 익어가던 가을 감
도시로 와서 달게 익었네요
베란다 밖에서
꿈꾸던 가을을 벗겨놓고 기다렸더니
달콤하게 익었어요

빈집에 가지만 덩그러니 남아
잎을 떨구고 있겠지요
누구에겐가 고백하고 싶어 붉어진 잎을
받을 이 없어 그냥 떨구겠지요

기다리고 있답니다
불 끄지 않고

한 개 남은 감 까치 공양하면서
반가운 소식 기다리고 있답니다
허물어져 가는 파란 대문 집에서

백내장

눈동자 속에
망초꽃 한 송이 피어

그리운 것 많아
보고픈 것 많아
심장에 열나더니
온통 하얀 세상

세상 꼴 보기 싫은 자식들
애써 봐야 하니
그저 형체만 보고 싶었을까

영사막처럼 흰 천 내리고
마음속 영상만 혼자 보고 계셨을까

나도 니들처럼 젊었을 때 있었느니라
세월이 이만큼 끌고 왔느니라
너희도 끌려오고 있느니라

이 무력한 경고 앞에 눈앞이 하얗게 질려

아무것도 보이지 않고
비 내리는 거리를 바라본다
거기 훗날의 내가 서 있다

아멘

십자가의 위력은 어떤 것인가
내 눈에 흙 들어가기 전에는…
완고한 그 고집 어떻게 꺾었을까

단 한 번도 인정하지 않던 십자가
그 밝은 빛
그곳에 있었느니라

장로 사위
권사 큰딸
안수집사 막내아들의 눈물의 기도로

빛을 얻으신 아버지

개망초

그리움이 수북하게 자란 마당
점점이 불을 켜두고
보고 싶다 쓰고 있다

그리움으로 피는
웃자라는 여름
주인 없는 빈집 지키고 있다

걸음마

아가로 태어나 걸음을 걷기까지
이천 번을 넘어져야
걸을 수 있다는데

80평생을 걸어오신 아버님
수천 번을 넘어지고 계시다

일어서 걷는다는 게 이렇게 큰 축복이란 걸
이제서야 느낀다
다리에서 빠져나간 힘은 어디를 헛딛고 있는 건지

허리가 무너져 내린 후
더 이상 땅을 디딜 수 없어
병원 창문에 고이는 네모진 고독과 함께하며
별이 몇 개인가를 세다 잊어버리고

돌아봐도 돌아봐도 반가움 없는 빈집
대문마저 허리처럼 허물어지고
바지랑대 혼자 흔들 쓸쓸 흔들 쓸쓸
춤추고 있다

잃어버린 어버이날

무성하게 길러놓은 8남매
저 살기 바쁘다고
꽃도 없이 아버지를 혼자 두고
마음만 바쁩니다

어버이날이라고
효도잔치에 다니며 노래하는 아들
거기서 아버지를 찾습니다
돌아가신 어머니를 찾습니다

가슴에 가득한 눈물
통곡하며 노래합니다
아버지 불효자를 용서하세요
어머니 불효자를 용서하세요

세상은 온통 카네이션으로 가득한데
아버지 당신 가슴만 비었습니다

수항리 연가

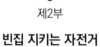

제2부

빈집 지키는 자전거

수항리 연가

빈집 지키는 자전거

돌아가던 바퀴 멈춘 녹색 자전거
헛간에 누워 빈집 지키고 있다

꿈꾸던 시절 있었다
푸른 혈관에 피를 나르며
푸르게 가꾸던 시절 있었다

양지쪽에 걸린 시레기 줄도
어떻게 쓰는지 기억도 희미한 호미 갈퀴 낫
저마다 수런거리며 빈집 지킨다

자전거가 멈추자 전화 소리도 멈추고
대문 앞 우편함에 쌓이는 세상 소식만
궁금한듯 안을 엿보고 있다

겨울 풍경

촛농처럼 똑똑 떨어지는 뜨거운 온도가 없는 빈집
그 빈집은 지금 바람 속에 있다
어둠이 진을 치고 앉아 불빛을 기다리지만
낡은 신발 한 켤레
댓돌엔 그림자조차 어른거리지 않는다

뭔일여?

벽들이 수군거리며 잔기침을 해대고
닫힌 문 틈새 비집고 얼굴을 내밀려 해도
완고한 자물통은 눈도 꿈쩍 않는다

외출 중인 보일러
저 혼자 올랐다 내렸다 갱년기를 앓고
오랫동안 잠긴 수도꼭지
목까지 차올라
쿨럭, 그리움을 토한다

기다림이
이렇게 멀미나는 일인 줄

얼어붙은 거울 속에서
자꾸만 자꾸만 들여다본다

슬픔 마른 장판에 얼룩지는
겨울햇살만 무늬를 만들며
온기 없는 방바닥을 만져본다

파밭에는 잡초만 가득하고

주인 발자국 소리가 들리지 않는 집
비닐하우스에서 몸을 푼 길고양이
아기 울음 울어 주인을 찾고

집을 지키는 건
벌
헛간에 걸린 흙 마른 삽 갈퀴
호미의 심심한 하품뿐

'외출'로 놓아둔 보일러
저 홀로 돌아가다 멈추다

다리에 힘이 들어가지 않는 주인
집에서 기다리는 것들 때문에
자꾸만 다리가 붓는다

가을

빈집, 그리움을 늘이는 채송화
등불처럼 피어 기다리는 곳
발소리 멈춘 마당에 잡초가 집을 지키겠네요

어디 갔을까, 궁금한 장독대
샘물은 하품하며 긴 기다림이 지루하겠네요

볼 때마다 울컥 가슴에 뜨거움이 몰려오지만
그래서 저 홀로 뜨거워 붉어지지만
가엾이 시드는 가을꽃 같아
슬퍼지네요

노랗게 물드는 가을 햇살이
구석구석구석 빈 곳을 채우며
슬픔을 닦고 있네요

아버지 몸을 지탱하던 힘센 신경줄
어디서 끊어졌나요

벌집

슬픔 오글오글 육각형 집을 짓고
긴 기다림의 과녁을 쏘고 있습니다
환한 대낮도 밤처럼 어둔
별빛조차 닿지 않은 지붕 아래

완고한 고집으로 버틴 80여 년
무너뜨리지 않는 뼈대를
간혹, 아주 간혹

떼어내지도 못하고
두고 보자니 위험한
벌집 같은 위태로움
그 완고한 침 하나
명치끝을 찌릅니다

침입금지
침을 세운 벌들의 농성

영하 안부

영하로 내려갔다고
어딘가는 폭설이 내렸다는 일기예보에
아들은 목소리부터 무너집니다

아침 드셨어요
많이 추운데 옷 든든히 입으세요

전화 줄조차 차갑게 얼 것 같은 아침
아들은 따뜻한 목소리로라도
아버지 아침을 녹이고 싶습니다

전화로 전하는 안부가
소용없는 줄 알지만
아버지께 전화를 합니다
아들 가슴
매얼음 쩍 갈라집니다

죄송해요 아버지

스테이플러 철사가 촘촘히 지나간 자리
아버지 허리 어디쯤에선가 아들은 숨이 멈췄습니다

아버지 등은 생명의 들판이셨습니다
여덟 남매를 지고
지게 가득 땔나무를 지고

어느 추석엔가는 장구를 둘러메고
골목을 울리던 등이셨습니다

오래된 등은 흙담 무너지듯 무너지고
등뼈마저 무너져

수술실에서 나온 아버지 등은
전쟁터의 패잔병
더 이상 쓸 것 없는 오래된 폐품처럼
오히려 쓸쓸해 슬펐던 정물이었습니다

어느 시간의 발자국이
이렇게 잔인하게 짓밟고 지나갔는지

아무 것도 회복할 수 없는 지난한 눈물

그저 울기만 했습니다
그리고 늦은 참회를 했습니다

큰아들

알아요 아버지
알알이 박힌 상처가 이렇게 두통으로 전해지는 건
아버지와 저는 분명 한 피가 흐르고 있다는 것을요

업어 드리고 싶어요
비를 맞고 섰는 아버지 모습
어린 아기 같아요
백미러에 담아 대전까지 오면서
내내 멀어지는 길을 바라봤어요

아버지 다리가 아픈데
저는 왜 머리가 아플까요
왜 핏줄기를 따라 구석구석이 아플까요

무심하게 흐르는 강물이 아니었어요
그 핏줄기는
아버지와 아들이라는
그 거룩한 이름으로 흐르고 있네요

이제는 제 등 뒤에서 너무도 작게

엎드려 계시네요
단물 다 빼주고
비 맞고 계시네요

자꾸만 작아지는 내 씨앗 하나

백미러

어금니를 뭅니다
백미러에 담긴 아버지
지팡이 짚고 굽은 허리
앙상한 손을 들어 흔드시는 그 모습

금방이라도 넘칠 것 같은 안타까움
그냥 푸르게 무뚝뚝한 산만 바라보는
그대의 눈을 나는 보지 못하고
하릴없이 말을 겁니다

떨리는 목소리 속에
아버지를 놓고 오는 그대 마음이 잠겨
헤어나지 못하고
나는 무심히 창밖을 봅니다

냉장고 속
꽁꽁 언 국처럼
내 마음도 꽁꽁 얼던 여름 날

바람소리 속에 그대 슬픔을 날렸습니다

나는 그대 슬픔이 가득 담긴 백미러를
오래도록 바라보며
그대 슬픔 내 속으로 다 들어오기를

그래서 나 혼자 아프기를

웃던 그대가
오늘처럼 슬퍼 보인적은 없습니다

냉면

폭염이 마당 가득하게 멍석처럼 깔린 날
뭘 드시고 싶으세요 묻는 아들 주머니 생각하신 아버지
냉면이나 먹지!

아버지 모시고 간 냉면집은 이미 여름으로 가득했고
담장가에 주렁주렁 선 감나무 푸르게 떫은데
아버지 냉면을 가위로 짧게 자르며
여름을 쫓아내고 싶었습니다

냉면 가닥조차 제대로 집을 수 없는
아버지 떨리는 손
바라보는 마음도 떨립니다
소주 한 잔 따라 드리며 창가로 눈을 돌립니다

그날 먹은 냉면이 가슴 그득 체해
아들은 내내 속을 훑고
두고 온 아버지 끓는 여름
시원하게 식히고 싶은 아들 마음
뜨겁게 열이 오르고 있습니다

머윗대

어떤 그리움이 웃자랐는지
푸른 물이 뚝뚝 떨어진다
목 빼고 기다리던 아들
화려한 무대에서 노래를 하면
쓴 물 삼키던 가슴
웃음으로 넘실거린다

외로운 시간을 꺼내놓고
숫자를 세고
달력을 넘기고
혼자 밥을 차려놓고

사립문 밖으로 들려오던 아들 소식
새벽차를 타고 길을 나선다

그래요
아버지 그렇게 푸르게만
푸르게만 서 계셔요

그렇게 곁에서 꼿꼿하게 지켜주세요

불두화

어둑하고 습한 마음을
불두화가 밝혔습니다
진안 읍내 시장에서 산 전기장판이
푹신하고 좋다는 아버지 웃음처럼
오월 불두화가 웃었습니다

아들은 불두화를 사진기 속에 넣으며
또 한 번 어금니를 뭅니다
늙은 아버지 혼자 두고
돌아와야 하는 마음
갈퀴로 할퀴어진 듯 너덜거립니다

불두화 꽃가지 세다가
그렁한 강물이 되는 시간을 묻고 맙니다

머위

뒤란 봄바람 울울한 언덕배기에
아기 손바닥 같은 머위 잎이 솟아나면
쌉쌀한 사랑
밥상에 올리던 아내
그림자 어른거려

어린 순 뜯어내
쿨럭이는 봄 감기를 달고 사는 아들
약처럼 먹이고 싶은 아버지 정
끓는 물에 파릇하게 삶아
갖은 양념으로 조물조물 무쳐
밥상에 올리니
아버지 향내 쌉쌀하게 고여
목이 메는 아들

사랑은 그런 거구나
뭉툭해진 손톱 끝 까맣게 물든 사랑
머위 맛처럼 쓰지만
삼키면 달콤한

복숭아나무 전지를 하며

찬바람 온몸으로 맞으며 겨울을 난 복숭아나무
나뭇가지를 뚝뚝 자르며
봄을 준비한다

병아리 발가락같이
발갛게 물이 올라
이미 봄이 스며든 나무

봄 오면 복숭아나무는 겨우내 만든 분홍 꽃잎
녹색 이파리 와르르 쏟아낼 테고
눈 속에 가득 그리움만 접어 넣을 테고

통증마저 슬픔으로 뭉친
봄이 또 오고 있다

광어

언제부터인가 나는 광어였는지 몰라
한쪽으로만 눈이 쏠려
다른 곳은 바라보지 못하는 맹목적인 사랑을 하는

가시 발린 살점 하나
꼭꼭 씹으며
나는 천당에 가기를 거부해

얇게 엎어져
한쪽으로만 기어다니는 지옥
그 불속에서 헤매도 어쩔 수 없단 생각

바람 든 무를 썰며
이미 내 마음도 텅텅 비었단 걸 느껴
국에 소금을 넣으며
습관처럼 국자를 젓는 나를 나는 미워할 뿐

수항리 연가

제3부

수항골 박물관

수항리 연가

수항리

사랑은 지독하게도
이별 없이는 끓지 않는다고

밤새 끓인 어묵국을 들이키다
목에 걸린 가시 하나를 빼 냅니다

흑염소

아버지는 가을이 섞인 바람이 뼛속으로 들어오자
흑염소를 잡았다
완경의 시간 속 혼자 불을 끈
며느리
뉘엿뉘엿 시들해지는 저녁 해 같은 얼굴에
목단꽃 피워주고 싶어

아버진 이 흑염소를 살찌우기 위해
목줄 당겨 오지 않는 흑염소를
비탈에 끌어다 매기를
여름내 하셨다

인상 쓰며 먹지 않겠다는 아내를 달래며
'늙은 아버지
며느리 생각해서 잡으신 거니까
그냥 눈 꼭 감고 먹어봐'

나를 위해
기꺼이 헌신해서 약탕관에서 끓고 있을
흑염소를 기억하는 오후

\>

흘깃

가을바람

눈동자를 스쳐간다

어머님 산소

큰아들 결혼 끝내고
소주 한 병, 오징어 한 마리
평소에 좋아하시던 바나나
어머님 산소 앞에 놓고
절을 합니다

쓸쓸한 등 위로
슬픔 한 줄기 소나기처럼 쏟아져 내렸습니다
어디에서든 내려다 보실 줄 알지만
어디에서든 기뻐하실 줄 알지만

어머님 산소 앞에 향을 피우는 손이 떨립니다
어머님 손처럼 고사리밥 활짝 펴고
기쁨과 슬픔 교차하는 아들 마음을
푸른 바람으로 쓸어내렸습니다

하늘은 어머님 가슴처럼 맑은데
후둑후둑 눈물처럼
여우비 떨어집니다

부추꽃

떨리는 것은 손만이 아닙니다
그대 없는 빈자리
그대가 남기고 간 질긴 뿌리
부추는 해마다 해마다 싹을 내밀어

숨 쉴 수 없는 연한 초록
눈물방울 매달고 하얗게 웃는데

벌써 몇 년인가
목소리조차 한 번 들을 수 없는 뒤란
그대가 없어도 피고 지는
무심한 꽃들

이제
떨리는 건 몸만이 아닙니다
뼛속까지 비어서

바람 막을 수 없이 통째로
사시나무처럼 떨립니다

사랑한다는 건

눈을 마주치는
일이다

마음을 맞추는
일이다

키를 조금 낮추는
일이다

마이산 연가

우뚝 선 두 봉우리 사랑하는 그대와 나
돛대봉도 용각봉도 계절마다 바뀌는데
은수사 북소리도 은은하게 퍼지고
천지 탑 하늘을 향해
사랑 사랑 끝이 없는 내 사랑
이제는 돌아가서 당신 품에 안기리라
마이산 내 사랑아

화엄굴 마루턱에 돌탑 쌓은 사랑이여
마이봉도 문필봉도 계절마다 바뀌는데
탑사 처마 끝에 들려오는 풍경소리
어머님이 부르는 소리
사랑 사랑 끝이 없는 내 사랑
이제는 돌아가서 당신 품에 안기리라
마이산 내 사랑아

문풍지

세상 밖은 어둠으로 깔아놓고
바람은 무장을 했다
단절한 공간
나 대신 울어주던 곡비

흰 뼈가 드러나던 가슴
한복판에 구멍이 나면
아무것으로도 막을 수 없어
문구멍으로 내다보던
뒷모습만 흔들려

녹슨 시간을 닦던 어머니
몸을 갈라
내 몸에 솜옷을 입혀
겨울바람을 막고 계시다

돌확

신 김치 안 먹는 며느리 위해
돌확에 고추 마늘 생강 보리밥 한 수저씩 넣어
박박 갈아
겉절이 해주시던 어머니
손길 어디 남아 있을까

아들의 여름을 위해
익모초 쑥을 돌확에 갈아
검푸른 약물 하얀 사기 사발에 담아
장독대에 하룻밤 재워
내미시던 어머니 사랑
어디 남아 있을까

묵묵한 돌 속에 스민
어머니 애달픈 마음
닳고 닳아 바람만 드나드네

富貴榮華

길은 멀었습니다
길은 휘어져 있었습니다
삶이 길이고 길이 삶이던
세월이 닦아놓은 건
허물어져 가고 등뼈 무너져 내린 낡은 집
정신 곧추세운 우물 하나
계속 물을 솟게 하던 그 터
희미한 이름을 가진 꽃이 피고
앨범 속 흑백사진 시간을 풀며 수런대고
해마다 배나무 감나무는 꽃을 피워내
그냥 둘 수 없었습니다
묵은 먼지 털고
무너진 기둥 다시 세워
추억을 채웠습니다
꽃향기 들여놓고
불을 켰습니다

富貴면 수항리에 榮華의
순간들이 다시 시작되고 있습니다

천사의 날개

기억해
무참히 쓸쓸할 때

오로라 빛
날개 같은 고향이 있다는 것

돌아가면 상처받은 마음
다친 몸이 낫는다는 것

두 팔 벌려
안아주는 사람이 있다는 것

타향 길 걷는 사람들
아프지 말라고
기도하는

수항리는 눈물을 품지 않는다

내 곁 그 남자
뼈 갈라 바닷속 여 같은 혹 떼어냈다

간혹 바람 들어간 웃음보 부풀어 오르다
눈물 들어차는 계량기 움직이면
메스 지나간 자리 꽃자리로 진다

어디쯤 용담호 들어 있을까
날개 다친 울음같이
그 남자 배 속에서는 간간이 바람소리 난다

수장된 세월처럼 심장 불안한
청진기로도 잡아낼 수 없는 불명不名의 병으로
응급실 복도 눈물 출렁이던 날

소리치고 싶어
달려가고 싶은 곳이 있다는 게
얼마나 다행인지
결코 눈물이지 않을 수항리 있다는 게

타인 같던 어제를 저당 잡히고
받아든 오늘 수항리에서

쓸개 빼고 하루를 살아내야 하는 세상
왜 자꾸만 살리고 싶은지

꿈꾸는 층층나무 약속처럼
수항리 와서 비로소
죽음에서 건져낸 한 사람

* 여: 물속에 잠겨 보이지 않는 바위

수항골 박물관

침묵처럼 누운 추억이 있네
때론 눈물이었고 때론 웃음이었던

몇 고랑 몇 짐이나 되는 풀을 매셨을까
날 닳고 손잡이 맨들한 어머니의 꼬부라진 호미는

등짐은 얼마나 무거우셨을까
열 시간도 넘는 허리 협착 수술을 받게 한
저 낡은 아버지의 지게는

고스란히 남은 땀방울의 역사로
자식을 키워낸 목울대 울음들
나란히 널려 있네

사라지는 두려움이 무서워
조각조각 이어 붙인 추억 조각들을 널어 놓고
햇살 한 줌 끌어내
숨 쉬게 하는 공간 안에
옛이야기 감아 놓은 실타래 같은 세월

빛바랜
세월이 거기 누워
자꾸 그리움을 호명하네

햇살 한 줌 풀어 그리움이라 쓰네

백일기도

사랑 아니면
나를 위해
백일 동안 당신 심장
조금씩 헐어
먹일 수 있었을까

그게 사랑 아니면
당신 흘린 눈물마저도
피 섞일 수 있었을까

애간장 졸여 뱉은 한 마디
사랑하소서

도대체 내가 뭐라고
내 이름 새기고
당신 입 속으로
외쳐줄 수 있을까

저 가난한 이름
아내여

곶감 2

가을 햇살 깎아
대롱대롱 널어놓은 감
쪼글하게 말라간다

아버지 손등같이
졸아드는 심장같이

아버지 사랑까지 녹은
달디단 맛이 고인 곶감
혀끝에 닿으면
가슴 한쪽 쓴물이 올라온다

곶감 빼듯 다 빼 먹인 아버지
허적거리는 허수아비처럼
가볍고 작은 그림자

홀로 가을볕에 말라가고 계시다

미리 하는 작별인사

모처럼, 추석 달만큼
수항리 집에 웃음이 넘칩니다
아들 다섯에 며느리들
손자 손녀 증손녀까지

숯불에 돼지고기 굽고
45도 소주로 가슴에 불도 놓았습니다

추석날 아침 차례 지내고
아버지는 며느리들에게 흰 봉투를 주십니다

내년에 세뱃돈이나 주세요
내년 설에 내가 살았을지 어떻게 장담혀

아버지의 외로움이 심장을 찔렀습니다
잊고 있었습니다
아버지 혼자
시간을 하루하루 지워가고 있다는 것을

아버지 시간은 지우개입니다

언제 흔적 없이 지워질지 모르는
아버지 주신 봉투 안에는
지워진 시간을 앞당긴
내일이 들어 있습니다

수항리 연가

제4부

황소 값

수항리 연가

아버지의 상추

아들이 다녀가는 날이면
아버지는 텃밭에서
상추를 뜯어 보내신다

보드라운 상추 부추 돌나물까지
어머니 계실 때처럼
봉지봉지 담았던 마음
잊지 않고 담아 주신다

연한 상추쌈 싸서
볼 미어지게 먹는 저녁

꺽꺽 목메는 아들에게
며느리는 알면서 말한다
천천히 먹어, 자꾸 목메잖아

수리점에서

나를 새로
갈아 끼울 수 없을까
부속하나 갈아 끼워
와이파이나 LTE 아래서
그대에게
닿는 손 내밀 수 있게

캄캄하게 막힌 부호를 풀 수 없어
눈, 귀
아님
마음 한 쪽 빼서
갈아 끼우고 싶어진 날

소통되지 않는 휴대폰
A/S 받으러 갔다가
휴대폰 문제가 아니라
기지국 문제라는

맞아
사람도

마음이 움직이지 않으면
어떤 텔레파시도
통하지 않는다는 것

한 쪽 신호로는
자꾸 블랭크만 일어나는 걸
모르는 사람에게
송신탑 하나
세워주고 싶은 날

거센 바람이 또 가로막는 신호

바지랑대

하나의 목발로 아슬하다
아내 잃고
하늘만 바라보는 가는 목줄

가끔 고추잠자리 앉았다
구름 걸쳤다
빨랫줄만 취한 듯 흔들린다

아무리 까치발 딛고
먼 곳 바라봐도
한 번 떠난 사람
돌아오지 않아

자꾸만 삭아져 내리는 발치

죽음 같은 가을 견디느라
저 혼자 돌고 도는 바람 속
오늘 하필 그리움 터져

처마 끝 풍경

따라 목 놓아 울다
하필이면 가을 이별

그만
더 아득한 하늘

진안 구봉산

당신 품
안기기 두려워
구름으로 걸린 허공
아찔한 그 품에 안겨
눈 감으면 천국
눈 뜨면 천 길 절벽

다가설 수 없는
당신 같은 아득한 눈 시림
긴 기다림도
사랑이라고 알려준 사람

자벌레

그렇게 이어왔다
목숨 내놓고 어미는
이 땅에
씨앗 한 톨 떨구었다

한 자 두 자
발걸음 옮기며
목숨과 바꾸는
자벌레

엄마 저고리 치수를 재다, 그만
주욱
눈물 길이를
재고 말았다

그네 놓을 자리

그네 사 달라 노래하는 아내 위해
자리 마련하느라
팔목 시리게 돌단 쌓는 마음

저 뼛속에 사리 몇 개 쯤
박혔을 것이다

가끔 울화통 연소되지 않은
불꽃 굳어

천년 후 와불로
다시 올
생

형 마음

아삭한 달랑무김치 한 봉지
쌈 배추 한 포기 삶은 시래기
주섬거리며 싸는
아내 등 쓰다듬는다

혼자된 그때부터
눈동자 헐거워진 동생
그 손에 들려주며
그득해지는 눈물

형수가 갖다 주래
뜨거운 밥해서 먹어
형이 전하는 물기 어린 당부

오늘도 백미러 슬쩍
노을이 어린다

그때로 돌아간다면

천상의 별
조각난 달 보며
그리워할 사람 없던
그때는 행복했었던가

서걱이는 사막
목 타게 걷는 낙타
깊은 속눈썹 속에
모래바람 부는 아픔 쌓여도
그리워할 사람 있다는 게
행복한 일일까

무너져 내리는 늑골 속에
새겨두고
부르지 못할 이름
혼자 혀끝에 바늘로 새기고
핏물 삼키는 일

천년 은행나무 아래
기도 묻어두고

돌아서다 바라보는
바람 한 줄기

내 손에 아득하여라

황소 값

삼십 리 장터를 친구 되어 갔다 오며
워낭소리 얼근한 노을에 취해
매내미재 함께 넘던 황소

작두로 썩썩 썰어낸 칡넝쿨 콩대
가마솥에 푹푹 삶아
향긋한 풀내 나는 쇠죽 먹이며
김 모락모락 나는 구수통
흐뭇하게 바라보시던 아버지
자식 입에 물길 같다 했지

새마을 사업으로
100만원 대출받아 산 황소
쌀 팔아 돈사 갚아가며
식구 만들었을 때
함박웃음 웃던 아버지
저당 잡힌 마음도 풀어져
황소 등을 쓸어 내리셨지

아직도 낡은 벽에 붙어 있는

황소 값 대출 증명서
황소마저 사라진 빈 외양간
휘어진 등뼈처럼
덜렁이고 있네

지푸라기

아무런 힘 없지만
마지막 순간에
마지막에
절망의 끝에
잡을 수 있는
실낱같은 희망

결국
그 지푸라기가
죽음에서
절망에서
사람 건지는
줄

버리지 마라
해진 사랑일지라도

마이산 그대

보일 듯 보일 듯 보이지 않는
닿을 듯 닿을 듯 닿지 않는
잡힐 듯 잡힐 듯 잡히지 않는

내게
오직 하나인 큰 산

쏟아지는
해내림
눈 감을 수밖에

가까운 듯하여도
머언
신기루 사랑

북채

가끔 내 뼈마디에서
슬픈 비파 소리 들리고
가끔은 초등학교 1학년 때
흰 원피스 입은 담임 선생님 하얀 손
울던 풍금 소리 들리지

너와 내가 맹세한
노래 끝없이 부르며
어린 소녀의 인생 통째로
묶어버린

우두둑
뼈 부러지던 세월

마디마디 눈물 채웠고
마디마디 진액 빠졌으나
삶의 문신 파랗게 새겨진 흰 뼈

바람만 자꾸 들어가는 뼈마디
봄볕에 쇳소리 나게 널어 놓는다

>
사랑 깨우는
북채로나 쓰게

진안 수선루에서

세상 시끄러운 소리 닫고
바위 열어
신선 되었네

진안 마이산
바람 길 그렁히 불어와
토닥이는 소리

가만가만
바위 속에 스며
댓잎 소리에 귀를 닦네
별빛 스친 바람으로
몸을 닦네

그네

꽃처럼 흔들리며
뜨거운 계절 다녀온 발
돌아와 쉬게 하네

몸 무너지는 줄 모르고
어깨 한 쪽 내주며
기대 보라고
날아 보라고

간 쓸개 다 바쳐
허공에 만들어 낸
수항리 남자 저 푸른 하늘

큰며느리

살갑지도 다정하지도 않은
부지깽이같이 뚝뚝한 며느리
그림자처럼 그냥 서 있습니다

장독대 불두화 피어나고
금강초롱 함박꽃 피어나는 화단
그냥 바라보고 서 있습니다

자꾸만 금이 가는 장 항아리
몇 년인가 빈 채로 서 있습니다

어머니, 어머니
찾을 수도 부를 수도 없어
며느리는 점점 더 말을 잃고
늙은 아버지를 바라보고 서 있습니다

큰며느리
어쩌다 이런 멍에가 얹혔는지
구멍을 찾아 숨고 싶을 뿐

가시 찔린 가슴에
게발선인장이 피어나고 있습니다

수항리 연가

제5부

좀생이별

수항리 연가

개미나리

봄 햇살 실눈 뜨고 있는 우물가
저 홀로 돋은 개미나리
순한 마디 꺾어 보내신 아버님

칼칼한 봄바람 담은 쌉쌀한 봄 맛
급하게 부치고 싶은 마음
마디마디 젖빛 물 흐르는 대궁에
사랑 녹여 보내셨네

봄 입맛 살리는 데 좋단다
쓸쓸한 바람까지 담아온 봉지 안에
나란히 누운 햇살

쓰디쓴 겨울
톱니 같은 이빨로 잘라 낸 맛
안 쓰믄 무슨 맛인 겨
아버지 굳은 믿음
지키고 있는 저 봄

좀생이별

440광년 떨어져 있는
너도 보이는데
그깟 멀어야 천리
보이지 않는 별 하나
내 눈 속에 가두어 둘 걸

계절 끝에서
빛나는 자잘한 별빛마저
낡은 잎 사이로 비켜나고
발등에 얹힌 고단한 어둠
절망 같은 적막

어디에서 빛나고 있는지
저 별이 그 별인지

지척 떠도는 이름에서
살갗에 던진
가시 돋친 문신

코스모스 꽃씨 대신

도둑가시 온몸에
붙어 온 계절 끝

손에 잡힐 듯 돌아보면
지익 하늘 긋고
꼬리만 남은 바람 끝

한 발자국만
더 오면 안 되겠니

몽돌

얼마나 바람 속에 뒤척였기에
네 등뼈 그리 둥글어졌을까

얼마나 파도에 쓸려 왔기에
저리 둥글게 눈물 됐을까

슬픔도 슬픔이지 못하고
상처도 상처이지 못하게

천년 기다리며 깎아 내는
모서리진 세월
이제야 놓을 수 있네

저 혼자도 파도에 구를 수 있는
몸이 되었네

그대를 놓겠네, 사랑했던 수평선

알지만

　알아 지금 욱신거리는 통증은 알약을 삼켜 다스릴 수 있는 게 아니라는 걸 근육 통증이 아니라 마음 통증이라는 걸 얼음조각 같던 차디찬 언어가 비처럼 쏟아지던 한낮 나뭇잎으로 막을 수 없어 그냥 맞아 버린 후 내 정수리에선 마이산 그늘처럼 역 고드름이 열렸지 뚝뚝 베어 먹다 만 겨울 낮달 창백하게 누울 때 언뜻 스치던 노래 한 줄 파랗게 엎드린 천년초 가시를 접고 얼어붙은 입술 겨우 열어 한 때 사랑했던 사람 이름 부르면 그대로 부서져 먼지가 돼버리지

　그래서 아픈 거야
　알약으로 대체할 수 없는
　지금 절실한 건
　겨울 밀어낼 복수초 연서뿐
　그 노랗고 여린 작은 별
　누가 쓸 거야
　그 여릿한 슬픈 봄을
　아프지 마

겨울바다

푸른 바다 매달린 고등어 굽다
바다로 달렸다

노르웨이에서 왔다는 너
파도 뒤척일 때 나는
마음에 밀물 들어
국적도 없는 낯선 바다를 떠돌았다

이정표 없지만 굳이
방향 찾고 싶지는 않았다
그냥 부표처럼 떠돌다
운명처럼 네게 닿으면
천상의 인연 아니겠나

노르웨이 바다에서 유영하며
등 반짝이던 고등어 한 마리

어느 날 이 산골짜기 내게 바다 물고 오리라
짐작이나 했겠는가
와서 겨울산 맞으리라

생각이나 했겠는가

짐을 꾸려 바다로 떠난다
망망한 바다 떠다니는
옹이 빠진 널빤지에 목 꿴
그 인연 만나기 위해

살면 살아지는

사막에는 눈이 내릴 리 없다고 믿었죠
당신의 문이 닫혀
열리지 않는 것처럼
녹슨 열쇠
먼지만 세월 끼고 흘러가는 것처럼

사막에 펄펄 눈이 내리고
모래를 뒤덮어버린 흰 눈을 보고서야
세상은 별일도 별일 아니란 걸 알았죠

200년이나 두 팔 뻗으며
살아 내는 선인장
그저 묵묵함으로 견뎌 세월을 감았을 뿐

그저 살아내면 그뿐
살면 살아지는 거라고
다독이던 바람 한 점에 오늘
목숨을 빨래처럼 걸어 둡니다

히끗히끗 눈발 날리지만

일기예보는 풀린다네요
까마귀 울고 갔지만
반가운 손님 올지 누가 아나요

적막한 가슴 깊은 곳에도
살면 살아지는 거래요

숨두부

사월
그리움 무게
세포마다 파고들어
땅 속으로 기어든 몸
세워놓기 위해

비 그치자
콩마을 가서
뭉게구름 한 그릇 퍼왔다는

아직도 눈 속에 가득한 빗물
가까스로 구름 한 수저 불어넣고
하늘을 난다

위태로운 사월 건너는
그리움 징검다리
노랗고 하얀 민들레
거기에 할미꽃

흩어지는 뭉게구름 사이마다

목적어를 후추처럼 뿌린다

살아야 해
그윽히

평상심

36.5도의 체온이
2.5도 올라 39도가 되니
몸뚱이가 불덩이다
구멍마다 화구가 되어
뜨건 불숨을 토해낸다

몸 깊은 어디 보이지 않는 곳이
부패하는 모양이다
눈자위 물줄기조차
흐르기도 전에 메마른다

마음이 그렇다
나를 바라보는 네 눈빛
흔들릴 때
내 마음은 몸보다 더
뜨겁게 무너진다

가을이라 쓴다

이별이란 말은 삭제한다
줄기에서 잎으로 가는 혈관에
수유 멈추고
떠날 준비해 놓는다

진열된 시간 속에서
멀리 날아갈 날개 돋아
출발이라 쓰고 슬픔은 지운다

가을은 분명
헤어짐의 기별을 예감하는 계절
알 수 없는 얼굴조차 그리운 계절

그리하여 그대
빈 철길 따라
아픈 사람 안부 묻고 싶은
가을이라 쓴다

벌초

계절 지나며 가슴에 자란 이름
한때 가꾸며 눈길 주던 이름

잎 떨구고 시들어
보름달도 자꾸
만삭으로 가는 시간
너를 베어 내도 아프지 않을 줄 알았다

뿌리째 뽑힌 꽃송이
가슴에 압화押花시킨다

네 모습 그대로 가슴에 두고
이별보다 아프게

태풍

시작은 보이지 않았다
그저 심장 내리뛰는 소리
그러다
사랑마저 버리고
할퀴고 가버린
손톱 끝
바위 구르게 하는 힘
절벽 무너뜨리는 힘

어쩌면 절망이었을지 몰라
어쩌면 희망이었을지 몰라

길

직선은 없었다
굽은 길이 많았다
거친 길이 많았다

돌아보니
굽은 길 거친 길이
이토록 아름다웠다니

느리고 힘들었지만
이렇게 물 흐르듯
유연히 흘러왔나니
남은 생애는
더욱 찬란하리라

천·천·히
돌아가라
굽었고
거칠었던 길

배롱나무 꽃

붉은 혀 천 개
꽃으로 달고
닫았다 열었다
내 뱉는 말씀

칼보다 짧은 혀가
우수수 쏟아지면
세상은 빙점

꽃이어라, 그 혀
천만 개 꽃이어라

선운사 마당
명옥헌 마당
반야사 마당

혀를 꽃으로
피우려 애쓰는
수백 년 어르신

아버지 생신날

모처럼 아코디언 펴지듯 웃으시며
맏딸이 차린 생신상
웃음으로 받으신 아버지

봄 꽃밭에
웃음 심던 음력 이월 열이틀
바람도 숨죽이고
달도 점점 배불러 옵니다

홀로 받으신 생신상에
썰물 오듯
그리움도 밀려오셨겠지

그 아련한 슬픔 껍질
모두 벗겨내고 싶은 마음
늙으신 아버지 모습 보며
명치끝을 도려냅니다

울울이 쌓인 외로움까지
바다에 던지고 싶던 안면도 밤바다

>

팔남매 웃음
아버지 패인 주름골에
생살로 차오르게 하고 싶은 생신날

문힘시선 035

수항리 연가

발행일 2024년 10월 15일

지은이 이비단모래
펴낸이 이순옥

펴낸곳 도서출판 문화의힘
        등록 364-0000117
        주소 대전광역시 동구 대전천북로 30-2(1층)
        전화 042-633-6537
        전송 0505-489-6537

ISBN 979-11-988670-1-8 03810
2024 ⓒ이비단모래
저자와 협의로 인지는 생략합니다.

 * 저자와 출판사의 서면 허락 없이 무단 도용하거나 발췌하는 것을
   금합니다.
 * 잘못된 책은 구입하신 곳에서 교환해 드립니다.
 * 본 도서는 예술인복지재단의 후원으로 발간되었습니다.

한국예술인복지재단

값 11,000원